꽃피는 삼행시

꽃피는 삼행시

2024년 6월 28일   초판 1쇄 인쇄 발행

공 동 체 ┃ 한국보훈문화
지 은 이 ┃ 김민정 김정영 김혜숙 양해태 염상희 정남길 정동욱
펴 낸 이 ┃ 박종래
펴 낸 곳 ┃ 도서출판 명성서림

기   획 ┃ 정남길, 염상희
섭   외 ┃ 양해태
표   지 ┃ 캘리 김민정
편   집 ┃ 정동욱
교   열 ┃ 김정영, 김혜숙
행   정 ┃ 김혜숙

등록번호 ┃ 301-2014-013
주   소 ┃ 04625 서울시 중구 필동로 6 (2, 3층)
대표전화 ┃ 02)2277-2800
팩   스 ┃ 02)2277-8945
이 메 일 ┃ ms8944@chol.com

값 12,000원
ISBN 979-11-94200-13-0

7인 공저

–

김민정 김정영 김혜숙 양해태
염상희 정남길 정동욱

도서
출판 명성서림

▌추천사

"마음껏 축하·추천드립니다."

하나같이 대한민국지식포럼 시인대학 '시 쓰기 과정'을 수료하고, 지난 1년 동안 삼행시 쓰기를 꾸준히 해 왔다는 말씀과 함께 7인 공저 시집 『꽃 피는 삼행시』를 펴내게 된다는 사실을 전해 들었습니다.

좀 낯설었지만 반가운 마음은 그득했습니다. 그러니까 일상의 주제를 7인의 시인이, 각자의 독특한 시각과 감성으로 삼행시 창작하였으며, 독자에게 위로와 삶의 에너지, 그리고 희망의 메시지를 전달하고자 삼행시 시집을 출간하게 되었다는 말씀이었습니다.

보내온 출간 원고를 꼼꼼히 읽어보면서 모두 애쓰신 흔적과 열정의 땀방울을 느낄 수 있기에 먼저 축하와 함께 널리 추천의 말씀을 전합니다.

독창성이나 변별성에 더 높은 가치를 두고 계신 분들이 아닌가 하는 생각이 들어 매우 높은 점수를 주고 싶습니다. 대지문학 발전에도 기폭제가 되리라 확신합니다.

슬기와 위트를 곳곳에서 찾아볼 수 있었고, 읽는 재미에 푹 빠져버리기까지….
맘껏 축하·추천합니다.

감사합니다.

2024. 07. 20
시인·목사·평론가 박종규

시를 쓰는 7인의 시인이 그동안 쓴 삼행시를 모아 공저 시집 『꽃 피는 삼행시』를 발간합니다. 수고를 행복과 보람으로 선물 받은 시인님들께 축하드립니다.

삼행시는 제시된 시제로 짧은 시를 적는 것입니다. 여러 사람이 함께 모여 적게 되면 동일 시제라 하더라도 서로 다른 내용의 시가 탄생되어 읽는 재미를 느끼게 해 줍니다. 지금까지 적어 온 삼행시 시심을 깨우기 위한 마음 열기라 볼 수 있습니다.

우리는 지금 참 바쁜 일상을 살아가고 있습니다. 어쩌면 바쁘게 지낸다는 사실조차 잊고 지낼 수도 있습니다. 그 바쁨이, 그 부지런함이 예쁜 꽃을 보고 예쁘다고 느낄 수 있는 자신의 감성을 잠재우고 있을 수 있습니다. 그 잠든 감성이 이제 삼행시 적기로 깨어났다고 여겨집니다.

한 편 한 편 삼행시를 읽어가면서 시 속의 주인공이 되어 웃기기도 하고 감동을 동반한 감탄을 하기도 했습니다. 이제 이렇게 시를 쓸 수 있는 시심이 열렸으니 삼행시도 좋고 한발 더 나아가 감성 시도 좋고, 적은 시가 모여 개인 시집으로 탄생되었으면 좋겠습니다. 가족에게 혹은 세월이 흐른 후 후손들에게 남겨질 유산 중에 가장 값진 목록이 될 수 있는 시집! 그 시집의 탄생을 기다리겠습니다. 다시 한번 축하드립니다. 수고하셨습니다.

2024. 07. 22

윤보영 시인의 집필실이 있는
경기도 광주 도척면 이야기 터 휴에서
커피시인 윤보영

꽃 피는 삼행시 발간하면서

삼 : 삼천리 방방곡곡 인재들이 모여

행 : 행복을 전하는 마음과 열정을 담은

시 : 시인 각자의 독특한 시각과 감성으로

인 : 인생이 담긴 삼행시를 창작하였습니다.

사 : 사랑과 공감으로 이 시집이 독자에게 다양한 감정을 담은 위로와 영감을 전해 줄 수 있기를 진심으로 바라며

말 : 말로 표현할 수 없는 감동 그리고 기쁨이 이 시들을 읽으면서 잠시나마 휴식과 평화를 느끼시길 바라면서 삼행시의 세계로 여러분을 초대합니다.

김민정 김정영 김혜숙 양해태 염상희 정남길 정동욱

목차

1부 · 아침 이슬

자전거

김민정

자기야

전에 사랑한다고 고백한 거

거짓말이야

정남길

자기야

전신 마사지해 줄까

거기 누워 봐!

양해태

자신감이 있어야

전쟁터에 나가도

거대한 승전고 울릴 수 있을 것이다

김혜숙

자기야 뭐해?

전 부쳐 달래서 파전했는데

거시기 할겨? 그럼 와인 한잔하고

염상희

자기야 오해하지 마

전후를 알면 이해할 거야

거참 별거 아니었다는 거

김정영

자기하고 손잡으니

전기가 통하네

거참 인생사 아리송해 난감하네

정동욱

자기는

전자동이야, 수동이야

거기요 그런 질문 안돼

행복해

김민정

행여라도

복이 온다면

해가 다 가기 전 꼭 로또 1등 당첨

양해태

행운이 넘쳐나는 사랑방에

복음을 함께하니

해 오름처럼 서광이 비치리라

정남길

행운을 시인님들께 드립니다

복도 보너스로 드립니다

해지기 전에 받으시고 받았다는 메시지 보내주세요

염상희

幸福이 무엇일까?
福은 덕을 쌓는 것
해도 해도 안 될 땐 잠깐 쉬어 가면서 꾸준히 쌓는 것

김혜숙

행복의 숫자는 3이에요 삼행시 지으면 행복하니까
복이 오는 숫자는 8이에요 정신도 몸도 팔팔하니까
해처럼 밝은 내 얼굴 언제나 행복하고 복 받기 때문

김정영

행운이 따르고
복이 넘치고 따르면
해맑은 얼굴로 행복한 삶이 되겠지요

정동욱

행여나 빠져나갈까 봐
복주머니 동여매어 놓으니
해 볼 수가 없구나

마침내

정남길

    마음을 모두 주고서도

    침만 꼴깍꼴깍 삼키는 것은

    내가 너무 몸을 사린 건가요?

김혜숙

    마치 풋사랑 같은 봄의 여린 연둣빛 잎새는 희망

    침울했던 우리의 이야기는 지나간 청춘의 상처

    내가 이제 어른 되어 바라본 오늘

김민정

    마음에

    침 한 방 맞았어

    내가 그대 생각 못 하게

양해태

마음만은 아직 청춘인데

침침해지는 시력을 보니

내가 청춘이 아닌가 봐

김정영

마음이 울적할 때면

침울한 생각이 들면

내 마음 좋은 생각으로 바꾸어 긍정 에너지 만들어야지

정동욱

마음이 뜨거운 그대는

침 한 방 맞아야 할 듯

내 마음속 넣으면 화재 날까 봐

염상희

마늘의 매운맛도 언 땅속에서 야무지게 익어 가고

침울한 우리네 인생의 고뇌도 세월 속에 탱글탱글 영글어 가니

내일이 있다 생각 말고 오늘에 푹 빠져 사는 것이 복중

의 복이라

첫 생일

염상희

>첫 생일은 돌이라고 하지요
>생일이 쌓이면 노인이 되는 것
>일일이 얘기 안 해도 다 알아

김혜숙

>첫눈에 알아봤어요
>생각하면 할수록 멋진 사람
>일거수일투족 모두 매력인 바로 그대

양해태

>첫눈을 맞으며 데이트하면서
>생생하고 진심이 묻어난 사랑의 화살을 날려보세요
>일생을 함께할 깊은 가슴속으로

김민정

첫사랑의 기억을

생생하게 기억하고 있나요

일일이 담아 두었던 마음속 추억을 꿈속에서 스쳐봅니다

정남길

첫 만남은 엄청 중요하답니다

생각지도 못한 미래도 결정되고

일생의 향기에도 영향을 줄 수 있는 기회가 되기도 한답

니다

정동욱

첫 번째 소중한 아이

생동감 넘치는 액션

일일이 생각만 해도 행복하다

김정영

첫 생일은 기억이 없고

생일도 먹고살기 바빠

일이 있을 때나 추억이 있을 때 했나?

무지개

염상희

무엇이 그리도 걱정이 되는가, 찌그러진 모습 내 맘이 애잔하다
지금은 시련에 시련이 겹쳐온다 해도
개고생에서 벗어나야지, 오직 의지만이 걱정을 덜어줄
참 길인 것 믿으면 돼

김정영

무에서 유를 찾고자
지우고 또 지우고
개울가에 물장구치며 사랑방 삼행시 뿌듯하게 읽게 되네요

김혜숙

무슨 말이 필요합니까?
지금이 최고의 시간
개고생 끝났고 행복 시작입니다

김민정

무야무야 밀었고

지지부지 흩어졌던 삼행시 출판이

개꿈이 아닌 무지개로 피어납니다

양해태

무엇보다도 제일 중요한 것은

지금 이 순간 건강이 아닐까요

개나리 피는 봄날에 내 건강 내가 잘 지켜 행복하시길

정남길

무엇이든 그려 낼 수도

지울 수도 있는 능력 갖춘 식구들

개울가에서 물장구칠 날을 그려봅니다

정동욱

무엇을 생각해

지금 네 모습 그리는 중

개천 다리 거닐던 그때 생각해

꽃상추

김정영

꽃은 아름다워

상스럽지 않고

추근거리지 않아서

김혜숙

꽃보다 아름다운 여인

상대를 위한 봉사 정신

추운 겨울 음식 엄마의 맛 마음은 양념

정동욱

꽃보다 예쁜 당신

상상만 해도

추가 떨려요

정남길

꽃바람 아낙네 가지랑 타고
상추 날개에 입맞춤하면
추억으로 눈을 감기게 하네요

양해태

꽃가마 타고 시집오던 날
상상만 해도 행복한 순간이었네
추상적이지 않길 바랐는데

김민정

꽃처럼 아름다운
상추샐러드 해서 먹으면 맛있어요
추근대지 마요 나 좀 달라고

염상희

꽃밭에서 놀 때
상남자 노릇 꽤 했지
추레한 모습은 싹 감추고

지각생

김정영

> 지나간 날들을
>
> 각성해 보니
>
> 생각한 대로 살게 되고 운칠기삼이 맞는가 봐요

김민정

> 지나고 보면
>
> 각자의 생각이 다름을
>
> 생각한다, 그래서 그랬구나

정남길

> 지워지지 않는 생각에
>
> 각성하고 있습니다
>
> 생각이 바뀌면 다시 시작하렵니다

양해태

지난 세월 돌이켜보면

각성하며 다짐했던 일들이 많은데

생각해 보니 지켜지지 않고 있어 또다시 작심삼일이 되

지 않도록 해야 할 텐데

김혜숙

지워지지 않는 이름 하나가 내 마음에 남아 있네

각설하고

생각만 해도 코끝이 시큰하다

염상희

지난날 푸른 청춘 인생

각선미 넘쳤던 그대

생생한 그때 그리워

정동욱

지적인 그대는

각별하여 볼 때마다

생기 넘쳐 더 아름다워

반갑다

염상희

반갑다 해 주니 좋아 사랑방 너무 좋아

갑자기 아니라도 기다려 주는 마음

다른 곳 어디에서 이렇게 좋을까나

정남길

반겨 주는 님의 마음씨에

갑갑했던 가슴이 뻥 뚫립니다

다 함께 멋진 모임 만들어 가요

김민정

반갑다 반가워

갑자기 만나니 더 반갑네

다 같이 웃으며 기뻐할 줄 알았는데 뭐야 심쿵

양해태

반겨 주는 사랑방에

갑진년에도 우리 식구들이

다정다감하게 따뜻한 정을 나누고 싶네요

김혜숙

반짝이는 아이디어

갑진년에도 사랑방 삼행시에 와르르 쏟아내시어

다 함께 멋진 시집 만들어 보자고요

정동욱

반쪽을 찾으려고 돌아보니

갑자기 보이는 그대

다시 한번 보아도 내 안의 그대

김정영

반가워요 두 분 시인님

갑갑한 마음에 고민 많으셨네

다~ 잘될 거예요, 우리가 있으니까요

또바기

염상희

또 또 또 저러는 것 아니라 했건마는

바라보기만 하라 했지, 가지라고 안 했거늘

기어코 욕심내더니 그 모습 천박하구나

정남길

또 만나게 되었습니다

바로 내일 사랑방에서요

기대하셔도 좋습니다 가슴이 두근두근 합이 네 근입니다

김민정

또 식사 시간이야

바로 좀 전에 먹었는데

기가 막혀 하루가 총알이었어

김혜숙

또 들었습니다

바로 좀 전에도 들었지요

기분 좋은 말은 천만번 들어도 좋아요, 사랑해, 고마워,

난 네가 정말 좋아

김정영

또 한 해가 시작되어 뜨는 해 보며

바라는 것은 많아지고

기대가 클수록 실망도 크니 세월이 흐를수록 기대가 작

아져 속상하네!

양해태

또한 우리가

바라는 것은 오로지

기쁨이 넘쳐나는 사랑방이어야 할 것입니다

정동욱

또 봐도 좋은 사람

바보로 만드는 묘한 느낌이 있는 그 사람이

기다려진다 매일 매일

기상청

양해태

>기가 막히게 잘 맞추고
>상상을 초월한 일기예보는
>청정지역이 내 고향이라는 것을 알고 있을까

정남길

>기막힌 일 꿈속에서 일어났다
>상상으로 그칠 줄 알았는데
>청룡 타고 하늘을 날으는 꿈을 꾸었다

김민정

>기막힌 일이 일어났어요
>상상할 수 없는 일이
>청각과 시각을 의심해요, 바로 내가 로또 1등

김혜숙

기억과 추억도 정리 중
상당히 많이 정리된 전화번호
청량한 마음 하늘까지 닿겠네

김정영

기후를 보니 눈이 내리고
상황을 보니 눈이 많이 오네
청순한 어린 시절에는 눈이 좋았으나 나이 들어 싫을 때
가 많다

정동욱

기대해도 되나요
상처에 당신이 필요해요
청하옵나니 한 번만 더요

염상희

기분이 좋으면 세상이 다 좋아 보여서
상상한 것 모두가 이쁘고 미움은 한낱 거리낌
청명한 하늘에 새가 날듯 내 맘이 황혼의 하늘을 난다

건전지

김민정

건전지가 필요해

전원을 켜기 위해서

지금은 충전 중

양해태

건강이 뭐니 뭐니 해도 최고지

전신 운동에 최고라는 걷기 운동을

지금부터 하루도 빠지지 말고 열심히 걸으며 운동합시다

정남길

건빵에 눈물이 젖는다

전방 디엠지 작전 중 눈 속에서 급식을 해결해야만 하는데

지오피 난로에 활활 타오르던 장작불이 그리워진다

김혜숙

건망증인가?
전에 말했나 안 했나
지금 말할 게 당장 만나

정동욱

건강할 때
전진해 보는 거야
지체할 시간 없어요

김정영

건강을 지키는 것이
전 인생에 있어서 나이 들수록 무게가 커
지금 이 순간 젊을 때 요가도 하고 걷기도 하여 건강 지
켜야지 다짐하네!

염상희

건방지면 안 돼
전혀 매력 없어
지금 바로 고쳐

애국가

김민정

애국가를 부르면서
국가에 대한 사랑을 느껴요
가가호호 행복하길 바라오

염상희

애국심이 요즘에 보이질 않아
국민은 나라 걱정 관심 없나
가짜 뉴스야, 애국심 많아

정동욱

애간장을 태운다
국가에 충성심을 가득 채워야 한다고
가증스러운 모습 참으로 안타깝다

김정영

애국하는 마음은

국가를 사랑하는 마음은

가정과 사회와 국가가 균형 성장이 요구되는 애국가

김혜숙

애간장 태우면 지는 거야

국수 먹는 게 아니었어

가장 빠른 길은 뭘까?

정남길

애타는 심정에 간장이 녹는다

국가를 사랑하는 마음 모아

가장 시급한 인구 소멸을 막자

양해태

애향심이 강한 모 재벌 기업의 총수는

국가의 균형 발전에 공헌하면서

가족은 물론 대기업 본사를 소도시 고향에 두고 경영하

더라

대기업

양해태

대단한 능력의 소유자라고 스카우트된 사원은 중압감
이 크지만
기대에 부응하는 실적을 올려
업적이 쌓일수록 오너의 신임이 두터워 승승장구할 것이다

정남길

대대손손 번성하는 나라는 자원이 풍부하거나
기업하기 좋은 나라여야 한다
업종은 일자리 창출이 많고 부가가치가 높으면 더욱 좋다

김민정

대기업이 성장하면서
기업가 정신이 중요해
업로드해 보는 거야 몸매를

정동욱

대체로 많은 분이
기대하는 경향이 있지요
업그레이드되고 싶다고

염상희

대단한 녀석, 하는 짓이 달라
기가 넘치는 모습 좋아
업로드가 제대로 돼 있어

김정영

대단하고 유능한 인재는
기업의 존폐를 가름하고
업무에 임하며 주인 정신이 있는 인재가 요구된다

솔찬

김민정

솔직히 말해주세요
찬찬히 또박또박 "사랑해"라고

정남길

솔찬히 괜찮은 사람을 만났다
찬찬히 뜯어 보아도 괜찮은 사람들이다 그들은 사랑방
시인들

김혜숙

솔직한 고백 사랑합니다
찬 바람 부는 추운 겨울날 제 마음의 온도는 100도

양해태

솔솔 부는 바람 속의 소나무에
찬란한 햇살 아침 이슬 머금은 솔잎에 비추니 반짝반짝
장관이네요

정동욱

솔솔 부는 바람
찬바람이 내 가슴을 그냥 통과한다

김정영

솔가지 꺾어 검은 연기 속에 밥 짓던 어머니
찬거리 생각하며 밥 짓는 어머니 생각에 눈물이 돈다

염상희

솔솔 부는 봄바람 쌓인 눈 사이로
찬바람, 겨울바람이 가고 나면 봄 올 거야

교례회

양해태

교회에 가서

례를 갖추고

회개하고 열심히 기도하라

김정영

교례회의 시제가

례가 어렵군요

회 생각이 나는군요

정남길

교생 실습 때 생긴 일입니다

예쁜 여학생이 교무실로 찾아와

회의실에서 보자고 합니다 어찌해야 할까요?

정동욱

교회에서

예전에 기도할 때

회관에서 물회 같이 먹을 수 있게 해 달라고 기도했지요

염상희

교회에 가는 거 잘하는 일이지

례배 보러 가는 중이지요

회갑이 넘어서 교회 잘나가는 겨

김혜숙

교수님

예의 갖춰 데이트 신청

회 드시러 강릉 어떠십니까?

김민정

교례회가 열리면

례절과 예의를 지켜야

회사가 발전할 수 있어요

축하해

김민정

축제처럼 멋지게

하루 만들어 봐요

해맑은 웃음은 선물

정남길

축복이 강물처럼 넘쳐나는

하루가 되시고, 또

해가 바뀌어도 영원하시기 바랍니다

정동욱

축하 말씀에

하염없이 그대 생각에

헤벌쭉 나의 웃음을 어찌 참지요

김혜숙

축하합니다
하루하루 보내는 세월 익어 가는 연정
해처럼 밝은 얼굴 등불 되어 그대 밭길 비추리

김정영

축하는 우리 마음을
하향 마음이 아닌
해석하는 마음에 따라 물결처럼 춤을 추네

염상희

축복 많이 내려주세요 이 나라에
하는 짓들이 맘에 아니 드셔도
해가 거듭되면 나아질 거예요

양해태

축복을 받아야 할 혼주에게
하객들은 진심으로 축하해 주며
해맑은 미소로 서로 안아 주며 축복하네

안개 속

김민정

안경이란 의복이 나는 몇 개
개인적으로 벗으면 안 되는 가장 친한 벗
속과 겉이 다른 세상의 모습 오늘은 어떤 의상을 걸치고
안개를 지울까

양해태

안개꽃이 만발한 꽃밭 지나
개나리꽃이 노랗게 물든 언덕길을
속세 떠난 보살님은 이 꽃 저 꽃 한 아름 안고 나비처럼
춤을 추네

정남길

안주머니 숨겨 두었던 겨울
개울가에서 피어난 아지랑이 타고
속절없이 봄바람에 밀려가고 있다

정동욱

안부를 묻지요

개의치 말라고 하지만

속마음 나 혼자 훔쳐보고 싶다

김혜숙

안경 쓰고 뽀뽀하려면 불편하지요

개봉 영화 기적의 시작 보러 갈 땐 안경은 필수

속이 울렁거려요, 그대 만나 영화 보고 뽀뽀할 생각에

김정영

안개인지 흐린 건지 수일째 흐리멍덩하네

개운하려면 화창한 유리빛 날씨가 좋은데

속마음을 나도 모르는데 날씨 마음을 누가 알겠어요

염상희

안녕!!

개운한 마음으로

속마음 털어놓아 봐

2부 · 여름향기

설마리

■**시작 노트**
한국 전쟁 때 파주의 설마리 일대에서 벌어진 영국군과 중공군의 전투
지역으로 당시 희생하신 영국군 글라스터 연대 용사님들께 감사드린다.

김민정

설마

마음을 훔쳐 간 사람

이를 어떻게 해 여자였지?

정동욱

설마 했던 그대

마음 다칠까

리본으로 꽁꽁 묶어놨어요

정남길

설상가상으로

마음에 가시가 박히셨네요

이 세상 떠나기 전에 상처를 치유해 드려야죠!

양해대

설마 설마하고 찾아온 영국군이

마침내 전쟁터에서 참전했다가

리 단위인 설마 마을에서 희생되었기에 그 위령탑에 추

모하러 갑니다

김정영

설마리 전투에서

마지막까지 자유 수호를 위하여

리 단위인 설마리에서 전사한 영국군에 경의를 표합니다

김혜숙

설마설마하다가 조마조마하면서

마주치는 눈길을 기다렸다는 듯이

리본 달고 오면 봐줄 줄 알았나 봐

염상희

설마리는 임진강 기슭에 감악산 아래 조용한 동네

마을 구석마다 영국GB군의 함성 하늘에 닿는다

리는 작은 마을, 설마리 희생이 영롱하다

칼국수

정남길

칼이 무디어져

국가가 위태로워 지지요

수고스럽지만 늘 칼날을 세우고 있어야 합니다

양해태

칼칼한 맛을 자랑하는

국물의 진수를 알고자

수많은 미식가들이 몰려오네

김혜숙

칼날을 갈아야겠다 무디어진 나의 은장도

국수 먹던 힘까지 써 보지만 어림없네

수많은 밤 은장도의 효능은 마음 치료하기엔 역부족이다

김민정

칼국수가 좋아 내가 좋아

국수가 좋아 내가 좋아

수고하지만 애써 삼겹살

정동욱

칼 빼고 국수만 주세요

국물은 필수입니다

수요일 점심, 그 장소로 오세요

김정영

칼칼하고 구수한

국수는 너무 좋아

수없이 먹어도 질리지 않으니 식성인가 봐요

염상희

칼바람 횡 ~ 하니

국문이 계속되고

수급을 수습하니, 끝

모꼬지

김혜숙

모습이 여기저기에 있어요

꼬집어 보니 아파요

지금 제 상태 정상이 아닌가 봅니다 아픈 건 아픈 거고
요

김민정

모자 쓰고 나들이 가면

꼬마 아이가 웃어요

지쳐도 즐거운 하루에요

정남길

모처럼 내밀었는데

꼬라지가 난다

지는 예쁜 걸로 착각하고 내미는 손을 거절한다

양해태

모름지기

꼬부라진 마음씨는

지금부터 똑바로 잡아야 앞날이 밝아올 것이다

정동욱

모야 오늘 이 기분은

꼬치꼬치 묻지 마셔요

지금 그대에게 달려가고 있습니다

염상희

모모는 철부지, 아무것도 몰라

꼬꼬는 닭 소리

지지는 전 부침

김정영

모두모두 일어나

꼬끼오 닭 우는 소리에

지금은 일하러 가야 할 시간

노동자

양해태

노신사란

동서남북 가리지 않고

자신만만하게 활동하며 치매 예방하면서 산다

정남길

노을이 졌지만

동녘에서는 해가 떠오를

자리를 잡고 있습니다 안중근 의사의 숨결을 더듬습니

다

염상희

노인의 일생에 한때는

동안일 때도 있지

자연의 섭리는 세월이 유수와 같이 흘러 노인이 되었네

김혜숙

노래와 춤을 잘하는 대한의 K팝 주역들이

동서고금 작금의 대한민국이 문화의 절정인데

자세히 들여다보면 나라는 위태위태 국민정신 무장이

우선이다

김민정

노신사 맞아

동기 중 최고 멋지다

자기 옆에 그 남자

김정영

노동의 신성함은

동력을 창출하고

자생력을 높이며 삶의 질을 향상시킨다

정동욱

노래할 때

동그란 네 얼굴

자줏빛 입술이 생각난다

오월달

김정영

> 오월은 푸르른 달
>
> 월마다 다가오고
>
> 달성을 위한 푸르른 달로 살며시 긴장되네요

염상희

> 오월은 장미의 계절
>
> 월미도에도 예쁜 장미는 필 거야 온갖 색, 향 뽐내며
>
> 달 아래 피는 장미는 신비 그 자체야

김민정

> 오월이 오면
>
> 월계수 잎이 피어나고
>
> 달빛 아래 꽃들이 피어나요

정남길

오는 사람은 없을지라도

월매는 몸단장을 마치고

달님 맞을 채비로 흥분되어 있다

양해태

오시려나 언제 오시려나

월매와 춘향이는 간절한 마음으로

달 밝은 광한루의 오작교에서 이 도령을 애타게 기다리

고 있었다

김혜숙

오 그대여 변치 마오

월차 연차 기다림은 나의 것이니

달달한 만남이 있는 날까지 나는 기다릴게요

정동욱

오늘 알았어요

월말이면 더 그리워지고

달이 뜨면 더 생각나는 그대

강원도

정동욱

강한 척 센 척해 본다

원망스럽기도 하다

도대체 내 안의 그대에게 무엇을 해 주어야 할까?

정남길

강력히 추천합니다

원하지 않으신다면 어쩔 수 없고요

도토리묵에는 막걸리가 딱 어울립니다 같이 한잔 어때
요?

김혜숙

강원도 좋지요

원하는 사람 여기 붙어 봐

도로 사정 좋은 날 같이 떠나요

양해태

강할 것처럼 보여도 마음이 약한 사람도 있고
원만한 성격인 듯해도 성질머리 사납고
도무지 알 수 없는 게 인간의 마음이랍니다

염상희

강 따라 골 따라 흘러가는 우리의 역사
원대한 꿈이 담긴 이야기 담고 흐른다
도도한 태백산맥, 강원도는 버팀목이다

김민정

강한 건 싫어요
원래 부드러운 게 좋아요
도무지 뚝뚝한 사람은 느낌이 없는 걸요

김정영

강원도에는 산과 밭이 많았는데
원하는 관광사업 유치로
도로의 신규 확장으로 발전이 되고 있네

휴지통

김민정

> 휴식을 취하고
> 지혜를 얻고
> 통찰력을 키워요

정동욱

> 휴식이 필요한
> 지금 이 순간에도
> 통화 가능 문자를 보내 본다

김정영

> 휴지가 없다면
> 지금의 생활은 어떨까
> 통째로 삶의 질은 날아간다

김혜숙

휴가 같이 떠나고 싶은 그대

지구 반대편 어디든 좋아

통념을 깨기란 쉬운 일이 아니지만!

정남길

휴식이 필요하다는 권유가 있어

지금 당장 여행을 떠나기로 하고

통장과 도장을 챙기는데 함께 갈 친구 필요하다!

염상희

휴가는 다녀오셨는감

지금이 휴가철이라

통통통 통통배 타고 떠나고 싶어

양해태

휴가 때 온 가족이 세계 여행을 떠나고 싶은데

지금은 아닌 듯하네

통장도 비어 있고 둥이가 너무 어려서

멘토링

김혜숙

멘붕이 왔다

토요일 약속 잊었다

링거를 맞고 정신을 차려야겠다 치매도 아니고!

김민정

멘토의 가르침을

토대로 성장하고 지혜로 성장해야지

링딩동

정남길

멘탈이 아직 살아 있으시다면

토요일 복싱 체육관에서 만나

링에 한 번 올라 스파링 좀 해 볼까요?

정동욱

멘붕 상태라고요

토요일 오후에 공연 보러 오세요

링 아나운서 동우기가 에너지 팍팍 드립니다

김정영

멘티를 거쳐 멘토가 되니

토요일도 없이 바쁘고 힘들어

링에서 멘토와 멘티가 만나 멘토링 되네

염상희

멘티를 가르치고 돌보는 사람 멘토

토실토실 어린 친구 아들 돌보니 멘토

링이라 하네

양해태

맨발로 걷는 것이 최고의 건강 비법이라며

토담 길의 진흙 길을 매일매일 열심히 걷는 사람은

링거 주사 등 약이 필요 없다 하네요

삼송역

김민정

삼겹살엔 기름장

송편엔 깨

역시 사랑 속엔 그대

정남길

삼삼하게 더욱더 그리워지는 시간입니다

송이송이 맺혀 있는 그 이슬이

역경을 이겨 내고자 흘리는 눈물로 아롱져 보입니다

김혜숙

삼삼오오 손잡고

송년회에서 만나요

역은 종로3가역 그때 그 장소

김정영

삼송역은 어디쯤 있는지
송년은 다가와 술자리는 많아지고
역이름 탐색하며 찾아다니기 바쁘네

정동욱

삼삼한 모습을 생각하면
송이송이 꽃향기로 내 곁에 있고
역시 그 향기는 내 안의 그대가 최고

염상희

삼송역은 서울 서삼릉 가는 길목
송松은 소나무 송 세 그루 있었다네
역이 생겨나니 삼송역이라네

양해태

삼천만 우리 겨레와 영토를
송두리째 앗아간 그놈들은
역사적으로 용서될 수 없음에도 독도가 자기네 땅이라
고 우기고 있네

일요일

김민정

일생에 한 번뿐인 오늘 오늘을 엮어

요기까지 왔는데 아직도 얼마만큼 더 다가가야

일생에 가장 행복한 순간을 만날까

정남길

일일이 고백하지 않더라도 사랑한다는

요점 파악은 가능하답니다

일단 이것저것 따지지 말고 시도해 보세요

김정영

일요일이 제일 좋아

요일 중 주말인 일요일이 최고야

일요일 당신이 최고야 빨리 가지 마

정동욱

일요일이네

요즘 휴일에는 무엇을 하고 있을까

일일이 말 안 해도 내 안의 그대는 다 알고 있지

김혜숙

일요일엔 교회에 갑니다

요점은 은혜와 축복을 예수님 사랑을 듬뿍 받고 오지요

일단 당신도 같이 가보자구요

염상희

일대일은 백대백과 동격 공평한 게임

요령을 다해 깨 보려는 스코어 일대일

일대일엔 안심과 아쉬움과 웃음이 있다

양해태

일상생활에서 건강을 챙긴다며 열심히 산에 다니는 사람들이

요즘에는 너무 덥다며 기후 탓으로 운동을 중단하더니

일요일은 교회로 피서한다네

김정영 정동욱 정남길 김혜숙 김민정 염상희 양해태

김정영

김정영이라는 이름으로 삼행시를 쓰게 하는 아이디어 좋고

정성 들여 머리 짜며 잘하려고 하던 일들이 많이 떠 오르네

영원히 갈 것 같던 어린 시절 꿈도 이제는 한계를 느끼는

한정된 시간에 살며 추억이 되고 있다

정동욱

정말로 바쁘게 보낸 시간

동쪽에서 번쩍 서쪽에서 짜자잔

욱하게 하는 자에게 더 많은 사랑으로 배려하리라

정남길

정성으로 사랑을 담았습니다

남사스럽게 보일지는 몰라도

길쌈하듯 한 해 잘 갈무리하세요

김혜숙

김혜숙의 雅號는 昭澄(소징)입니다

慧眼을 가진 자로 밝고 맑은 마음으로

숙성되고 성숙한 글을 쓰고자 하는 다짐입니다

김민정

김이 모락모락 나는 데서

민그적거리며 응석 부리지 마

정신 차려 여기 남탕이야

염상희

염치없이 살아온 것 같아

상상해 보는 지난날들은

희미한 기억 속 더듬어 보면 미안함, 어설픔, 죄송함뿐이

었어

양해태

양심을 버리지 않고 인간답게 살아 보려고

해당 분야에서 최선을 다하지만

태만해지는 행동을 어떻게 개선할까 노력합니다

주파수

정남길

주섬주섬 선물을 주기에 골라잡았더니
파란 봉투가 맘에 끌려 잡았다 그런데 돌아와 열어 보니
10만 원
수표가 들어 있다 대박 통 큰 선물을 잡았다

정동욱

주저리주저리 하고 싶은 말
파 음으로 할까
수틀리면 안 돼요, 레 톤으로 속삭여 드리겠습니다

김민정

주마등처럼 스치는 생각의 홍수 속에
파노라마처럼 펼쳐진 지난 기억들이
수많은 세월의 흔적들 잔재로 물안개처럼 피어오른다,

김혜숙

주말이면 바쁘던 때가 있었지

파리 날리는 내 일정

수없이 울리던 전화벨 소리 지금은 전화기도 우울증

양해태

주중에 가장 부담 없고

파급 효과가 어중간한 날은

수요일이 아닌가 하고 느끼곤 한다

염상희

주인 없는 땅이라고 말뚝 박아

파열음 각오하는 모습 눈에 보인다

수리수리마수리 내 땅 될 거야, 착각!!

김정영

주사위를 던지니

파장이 일어

수장이 되는 꿈 꾸었네

개구리

양해태

개 사육장에서 죽어가는 유기견에 대해

구명 운동을 하던 반려견 애호가 단체에서

리본에 어깨띠를 하고 개고기 식용 금지법 제정을 요구

하며 농성하네

정남길

개구쟁이들의 불꽃놀이에

구경꾼들이 몰려드니 엿장수

리어카 품바 북소리도 덩달아 커져만 가는구나

염상희

개싸움만 하면 국민은 어쩌라고

구경만 하는 국민이 아니야

리본이라고 승리의 리본만 있나? 패배의 주먹도 있어! 잘해!

김정영

개구리는 개굴개굴

구슬프게 우는 것인지 농사철 신호인지 짝을 찾는지

리본 달고 개굴개굴 우는 모습 생각만 해도 웃겨지네

정동욱

개봉박두

구체적으로 말씀드리면

리듬 타는 거 좋아합니다 함께 해요

김혜숙

개나리 활짝 웃는 봄

구경 떠나요

리듬에 맞춰 어깨춤도 뒤뚱뒤뚱

나들목

염상희

나는 아무 죄 없다는데
들었다 놨다 너무 심하다
목숨을 소중히 여겨야 하는데 모가지 비틀 듯하여 승복
하니, 그게 백성의 삶이라 하네

김혜숙

나 오직 당신만 바라봅니다
들녘의 벼가 익어 고개 숙이듯 겸손하게 살겠습니다
목소리 낮춰 그대 소리 들으렵니다

양해태

나랑 너랑 손에 손잡고
들녘의 아지랑이 봄 향기 따라 함께 춤추고
목청이 터지도록 기뻐하며 소리치던 그대는 지금 어디에

정남길

나들이 갈 때 따뜻하려고
들깨 털어 모아 둔 돈으로
목도리도 하나 준비했어요

김민정

나는 지금
들판이든 산이든 장소 불문하고
목청껏 큰 소리로 고함치고 싶어 아 테스형

정동욱

나 이제 알아요
들녘에 해 지는 소리
목소리 힘차게 질러 봅니다 네가 왜 거기서 나오냐고

김정영

나무와 옷으로 만든
들판의 허수아비 참새 쫓으며
목숨 걸고 임무 완수한 허수아비를 볼 수가 없어 안타
깝다

도우미

양해태

도덕과 윤리가 없어지고 개인 이기주의만 팽배해진 작금
의 현실에
우리는 하루빨리 5성의 인성 교육을 회복하여 동방예의
지국을 되찾고
미래의 후손들에게 떳떳한 유산으로 물려줄 제도가 필
요하다고 생각됩니다

정남길

도로 아미타불
우려가 아닌 현실로 다가와도
미움일랑 갖지 말고 저 멀리 떨쳐 버리세요

김정영

도와주려는 마음은

우리의 마음에 늘 있지만 숙제로 남곤 해

미진한 마음에 도우미의 불꽃을 피워 따뜻한 사회 만드세

김민정

도리어 잘 되었네, 비 오는 날

우산을 안 가지고 온 게 사실은

미리 이 남자와 빗속을 함께하려는 우산 속 비밀

정동욱

도레미 송을 불러 주던

우아하고 고운 그대 모습

미소가 아직도 내 눈 속에 있다

염상희

도레미파솔라시도

우리 노래 계속해요

미움은 같이 노래하면 사라져요

고구마

염상희

고상한 척 안 해도 돼

구구절절 변명 말라고

마음이 중요한 것이여!

양해태

고향의 동네 어귀에서 장작불 피워 놓고

구성진 노랫가락 손에 손잡고 춤추던

마당놀이가 생각나는 정월 대보름날이 다가오네

김민정

고구마가 달콤해

구워 먹으면 더 맛있어

마지막 한 입까지 즐겨 봐

김혜숙

고고한 척 고상한 척하지 말아요

구경하듯 먼 산만 바라보지 말고요

마침 강화도에 가는데 우리 눈 맞춤 어때요?

김정영

고고장에 갔던 젊은 시절

구수한 숭늉과 고구마 먹으며

마술처럼 흘러간 시절 생각하며 다시 과거로 가라면 싫어요

정남길

고민거리가 추가된다 살을 빼야 하는데

구수한 붕어빵 냄새가

마음을 앗아가 버린다 이번만 사 먹고 다음부터 다이어

트해야지!

정동욱

고맙다고 해야 할까

구태여 말 안 해도 돼

마음만으로 충분해

강화도

김민정

강바람 창을 톡톡 두드린다

화창한 날 꽃길만 걷고 싶은 기분

도란도란 이야기꽃을 피우며 우리 감동의 순간을 만들까?

양해태

강건한 몸과 마음으로 강화 나들이 우리는

화기애애한 분위기 속에 즐거움이 넘치는데

도무지 알 수 없는 그대는 왜 동참하지 않았을까

정남길

강 건너 석모도에 불이 났어요

화마가 숲속 토끼집도 덮치고 있는데 토끼 왈 불이 무서

워서

도망가는 게 아니라, 뜨거워서 달아나고 있답니다

김혜숙

강화도에 도착하니

화창한 날씨, 파란 하늘 맑은 공기

도대체 누구의 덕분일까요? 사랑방 온기가 눈을 녹이고
있네요

김정영

강화도에 오니

화창한 날씨 덕분에

도망가고 싶어도 못 가고 같이 즐겼네요

정동욱

강한 듯 보이지만

화려하지도 않으며

도도한 내 안의 그대

염상희

강화도는 원래 아픈 섬이었어

화를 수시로 당하던 역사가 담긴 섬

도대체 강화도가 무슨 죄라고 ㅉㅉㅉ

따뜻함

양해태

따사로운 봄의 기운을 받아

뜻이 있는 우리 사랑방은

함께 생각하며 함께 움직이는 우정이랍니다

김민정

따뜻한 햇살 내리쬐면

뜻하지 않은 따뜻함에

함박웃음이 절로 나와요

정남길

따르릉 전화벨이 울리든 말든

뜨뜻한 아랫목에 배 깔고 엎드려

함박눈 내리는 창밖을 멍하니 바라봅니다

김정영

> 따뜻한 봄이 오네
> 뜻하지 않은 행운이
> 함께라면 더욱 좋다

정동욱

> 따사로운 봄 햇살 덕분에
> 뜨뜻하게 등을 지지는 모습
> 함박웃음이 절로 난다

김혜숙

> 따뜻한 눈길로 눈 맞춤 해요
> 뜻한 바는 아니지만
> 함축된 그대 마음 이미 춘풍입니다

염상희

> 따돌릴 생각은 원래 없었어
> 뜻하지 않은 일들이 벌어지면
> 함께해야 할 우리가 아플 때가 있어

3부 · 내 모습

오로라

김민정

오 아름다워라

로맨틱한 밤하늘에 별까지

라디오에서 흐르는 감미로운 음악에 살짝 그대 모습이

양해태

오케이 그렇게 하지

로데오 거리의 음악이 흐르는 카페에서

라떼 한 잔 어때

김혜숙

오로지 그대만 바라봅니다

로맨틱한 생각으로 가슴은 콩콩

라일락은 그대 향기처럼 더 외롭게 한다

염상희

오~라 원하는 게 뭐니
로망은 늘 작은 행복인데
라면 맛이 좋으면, 좋겠어

정남길

오 마이 갓! 북해도 여행 중
노심초사 끝에 고른 메뉴가
라멘이었습니다

정동욱

오늘 더 많이 생각난다
로맨틱한 그대 음성
라면 먹고 가요

김정영

오늘도 내일도
로맨스를 찾아
라랄라~~랄라~~ 흥얼거리며 다닌다

밤바다

김혜숙

밤마다 그대 생각으로 뒤척입니다
바로 누우니 천장에도 옆으로 누우니 벽에도 그대 얼굴
이 웃고 있습니다
다정도 병인 양하여 이 밤을 꼬박 지새웁니다

양해태

밤이면 밤마다 그 님(어머님) 생각에
바다와 같이 깊고 넓으셨던 그 님
다시 뵐 수 없다는 현실에 그리움만 쌓이네

정남길

밤꽃 내음을 무척 좋아하던 그대
바람 따라 정처 없이 함께 걷지만
다시 오지 않을 오늘을 보내지 않으리라!

김민정

밤은 어둠을 부르고

바다는 파도를 부르고

다들 부르면 오는데 난 지금 누굴 부르지

정동욱

밤에만 생각하나요

바로바로 언제나 생각나지요

다 알고 있지요 그대 마음 내 마음

김정영

밤에 놀던 그 어린 시절

바다가 가까워 맛 잡고 조개 잡고

다~ 지금은 잊히고 추억만 새록새록 하네

염상희

밤엔 어둠의 깊이를 알 수가 없어

바다의 깊이도 헤아리기 힘들어

다음 세상도 미지의 세계 궁금해

주인공

김정영

> 주위에 마음씨 곱고
>
> 인성 갖추고
>
> 공유하는 당신은 우리의 우상

정동욱

> 주의해야 합니다
>
> 인적이 드문 곳에서 하는
>
> 공은 모두 당신 거예요

김혜숙

> 주변을 둘러봐도 그대와 같은 사람 또 없습니다
>
> 인간성 좋고 예의 바른 그대
>
> 공사다망해도 눈 맞춤 미루기 없기

김민정

주제를 알고

인정하고

공부하면 나의 주인공은 바로 나

정남길

주워 담지 못할 말

인간관계에 상처를 주어요

공동의 이익을 위해 조금만 참으면, 서로서로 행복해질

수 있답니다

양해태

주인 없는 세상없고

인생살이에 독불장군 없으며

공짜가 없다는 사실 잊지 말아야 한다

염상희

주인공이라고?

인정할 수가 없어

공을 세워야 주인공이지

영화제

정동욱

"영원한 건 절대 없어"라고 하지요
화려한 당신은
제 눈엔 최상의 선물입니다

김혜숙

영영 잊으라 하셨습니까
화사한 우리의 옛이야기는 추억 속으로 가는 거군요
제가 못난 탓이겠지요, 님이여 가시려거든 뒤돌아보지
마시고 직진

김민정

영혼을 담은
화려하고 알콩달콩한 사랑 모음
제목은 사랑방 이야기

염상희

영원한 것이 있을까
화목제를 통한 관계는
제물의 희생과 함께 영원한 관계가 형성되지

정남길

영원한 행복을 갈구하지만
화려한 날도 우울한 날들도
제각각 의미 있는 행복으로 인생사를 엮어지게 합니다
늘 행복하세요!

양해태

영원할 것처럼 나대던 그 시절
화려했던 한 시절도 일장춘몽이요
제각기 뿔뿔이 헤어진 지금 어디서 무엇을 하는지

김정영

영화 같은 우리 인생
화려하기도 하고 불쌍하기도 하고
제 인생살이 다양한 고려대안조 중에 잘 선택이 성패 좌우되네

우당헌

양해태

우당 후손들의 숭조 정신으로

당당하게 우뚝 솟은 전당은

헌성금으로 축조되어 후손 만대 영원히 빛나리다

염상희

우리의 소원 뭘까

당연히 행복이지

헌신은 차원 높은 행복이란걸 늦게야 알지

김혜숙

우리 함께 순창 우당헌에 일박했어요

당신과 동행이 설레어 전날 밤잠 못 이루었고

헌 신발 거꾸로 신는 거 이틀에 두 번 경험했지요

정동욱

우리 언제 만났는가

당신도 참

헌정하는 날 함께해요

정남길

우째 이런 일이 생겼다냐

당장 해태 찾는 호령 있으나

헌 옷에 쌀 서너 되 챙긴 그 용기 탁월하였다

김정영

우리는 1박 2일 순천 여행

당당한 시니어는 추억을 쌓았네

헌장을 중시하며 사랑방 사랑으로 향기 느꼈네

김민정

우리 우정 좋았죠

당연히 그러니 오래되고

헌것이라도 옛것이 좋다 하지요

이상형

양해태

이 세상에서 당신만이 내 마음 제일 잘 알지

상대방의 입장을 잘 헤아려 주며 긴 세월 함께했으니

형식에 구애받지 않고 항상 안아 주잖아

염상희

이러면 저러면 어떠랴

상상의 세계를 펴 보시라

형형색색 다양한 세상을 보리라

김정영

이 세상을 살면서

상처 입을 때 있지요

형형색색의 다양한 사람들의 다름을 인정하며 살자

정남길

이왕이면 다홍치마라고

상처가 너무 크지만 않다면

형용할 수 없는 도전일지라도 마다하지 않겠습니다

정동욱

이상하게 생겼네

상상 그 이상

형용할수록 너무 매력 있어

김혜숙

이상하다

상상도 못 할 꿈

형태도 모양도 없는데 느낌은 있으니

김민정

이제 그대는 나의 별

상상 속에 그대는 나의 전부

형용할 수 없는 그대는 나의 모든 것

실상사

김정영

실지로 오늘 영종도 오니

상상했던 것보다 유익한

사랑의 지식 포럼 대지문학 행사네

염상희

실제는 별로 이뻐

상심하지 마

사랑에는 눈이 멀거든

정동욱

실망하지 마세요

상상만 하지 마시고

사랑한다면 실천하세요

김혜숙

실낱같은 희망을 품었더니
상상이 현실이 되어
사랑하는 그대 어젯밤 다녀갔습니다

정남길

실수 없이 살 수는 없겠지만
상상하기도 싫은 엄청난
사실을 고백하고자 합니다

김민정

실제와
상상은 다르지
사람은 겪어봐야 알아 사연 없는 사람 있을까

양해태

실체가 천 년 이상 잘 이어온 문화 유적이 많으며
상상을 초월한 철조여래좌상과 석등이 현존하는
사찰로 유일한 신라 흥덕왕 때의 구산선문 중 최초의 사
찰이다

들장미

정동욱

> 들녘에 혼자 있는 그림자
> 장승처럼 바라보는 모습
> 미소로 응답하는구나

김혜숙

> 들기름에 지진 두부는 건강에 좋습니다
> 장 건강에 좋은 식품이 미인을 만들지요
> 미인들이여 5월에는 장미처럼 화려하고 귀한 여인으로
> 살아봅시다

김정영

> 들에 핀 꽃이 많지만
> 장미꽃의 붉은 정열이
> 미료한 가운데 파격의 아름다움이 돋보이는 그대여

염상희

들판에 누워 보면 안다

장엄한 하늘이 보이고

미미한 내 모습이 보인다

양해태

들녘 돌무덤에 수줍어하며 외롭게 핀

장미꽃 한 송이

미소 띤 환한 너의 모습 너무도 반갑구나

김민정

들판의 노란 유채꽃 사이에

장미 한 송이 멋쩍게 웃는다

미안한 건지 자기 자리가 아님을 아는 건지

정남길

들에서 한 아름 꺾은 꽃

장마당에다 내놓으며

미운 오리 새끼 취급받을까 봐 걱정했는데, 너무 인기가

좋아 한순간에 다 팔렸다

노고단

김정영

노련한 이미지에

고상하고

단아한 자태를 사랑하지 않을 수 없다

염상희

노련한 넌 누구야

고단한 줄도 모르고

단디 살아가는 너 좋아

정동욱

노력하겠습니다

고된 훈련 감수합니다

단단해질 때까지 계속 갑니다

김혜숙

노란색 바지를 입었어요, 초록 초록한 잔디에 잘 어울립니다

고단함도 잊은 채 파크골프를 칩니다

단아한 포즈로 굿 샷을 날려 보내니 오늘 하루도 행복합
니다

양해태

노란 야생화가 손짓하는 지리산 시암재 길 따라

고매한 사랑방 시인님들의 마음이요

단아한 우리 함께하는 아름다운 동행 길이라

김민정

노인들이여

고집 피우지 말아요

단단한 고집보다 부드러운 배려가 좋아요

정남길

노란 유채꽃 봉우리

고요한 정적에 얼굴을 묻고

단잠 자고 있던 호랑나비 날개 위에 햇살이 내려앉는다

광한루

정동욱

광활한 초원에서
한 번만 해 줘요
루트 알면 쉬운데

양해태

광풍이 내 마음 시원하게 했던 그날 밤
한 소절의 춘향가를 웅얼거리며 야경을 음미할 때
누각 앞 오작교 밑 잉어 떼가 가무를 즐기며 나를 반겨
주네

정남길

광채 나는 그 아름다움에
한없는 감탄을 자아내고
루각 옆에서 발하는 레이저 불빛에 내 영혼을 실어 보냈다

김혜숙

광채가 나는 그대는 내 안에서도 빛나

한번 준 마음 흔들림 없기를

누각에서 생각하니 전생에 맺은 인연인가 하노라

김정영

광활한 야 빛이

한없이 그리움을 깃들게 하고

루비 반지 보석보다 그네는 사랑 향연의 추억을 넘치게

하네

염상희

광한루에 어린 봄빛

한없는 사랑의 눈빛

루각 아래 춘향의 수줍음 짙다

김민정

광한루

한번 가 보세요

루비 반지보다 더 값진 보배가 있습니다

준비물

김민정

준수한 외모와 성격

비 닮은 모습

물론 그런 사람이 곁에 올 수만 있다면

정남길

준다고 하여 갔더니

비몽사몽 머뭇거리기에

물만 마시고 그냥 돌아왔다

김정영

준비물 숙제는 해야지 마음 편해서

비가 안 와야 좋은데요

물건 챙기고 마음 준비로 노고 많으시네요

염상희

준비됐어?

비밀이야

물론 다 돼 있지

김혜숙

준비 ᅳ 요이 땅

비 오는 날 더 좋아요

물론 꼭 그대여야 합니다

양해태

준수한 매너는 남을 배려하고

비장한 마음으로 빠짐없이 잘 챙기며

물론 화기애애한 분위기로 지역 탐방 출발

정동욱

준비 완료

비가 와도 좋아

물론 그대라면 더 금상첨화

뒷담화

정남길

뒷간에 매어 뒀던 송아지가 사라졌다 도둑이 들었나? 깜
짝 놀라 둘러보니
담장 아래 따뜻한 햇볕을 받으며 배를 깔고 누워 있구나
어떻게 갔지?
화순이가 송아지에게 행복한 시간을 주었단다

김혜숙

뒷간에 가야 하는데 공중화장실 줄이 길다
담담한 척 참아보니 몸이 꼬인다
화사하게 핀 국화꽃을 둘러보니 급한 중에도 마음에 여
유로움이 생긴다

김민정

뒷동산에 올라가면
담벼락에 피어난 꽃을 볼 수 있어요
화사한 봄날의 아름다움이 가득해요

정동욱

뒷짐 지고 바라보며 생각 중

담에 이야기할까

화장이 진해 만질 수 없다고

염상희

뒷동산에 올라 하늘가 구름을 본다

담담하게 맑은 하늘 언저리 뭉게구름

화안한 너의 모습 같아

양해태

뒷동산에 오르면

담쟁이넝쿨이 동청 전체를 덮어 푸르름이 생각나고

화려하지는 않지만 록음의 풀 내음 지금도 잊을 수 없네

김정영

뒷담화는 항상 즐거워

담화하는 사이 화장실에 가면

화젯거리는 없는 사람이 화제야

불면증

정동욱

불 질러 놓고
면 대 면 하니 정말로
증상이 나타나고 있다

김정영

불이 마음속에 나면 머리는 뜨거워지고
면하기 어려운 당황하며
증세를 보니 잠 못 자는 불면증이요

정남길

불가능한 일은 없으니 포기하지 마세요
면죄부를 이번 기회에 받아 보세요
증거 불충분은 무죄랍니다

김혜숙

불이 번쩍 마음에 스파크 튀던 날

면전에서 당신 눈에 티가 들어갔지요

증발된 세월에도 소녀 된 가슴이 콩콩 뜀박질했네

김민정

불가사의한 일이네

면도기로 회를 쳤다구

증거 있어요

염상희

불난 집에서 해대는 부채질 신난다

면책특권 기승이 예사롭지 않다

증상을 보면 알지요 불의 본질을

양해태

불가능은 없다고 누가 말했나

면면히 들여다보니

증거가 차고 넘치는데도 거짓말만 하고 개인의 영달을

누리고 있네

송년회

김정영

송구스럽지만

년은 두음법칙으로 연으로 하고

회의 및 모임을 하며 한 해 잘 보내고 희망찬 청룡의 해

가 되기를 희망합니다

김민정

송구영신

년말 하얀 눈이 내린다네

회심의 미소로 빨리 겨울 오기를 기다린다

정남길

송아지가 바람을 보고 신이 난 줄 알았더니 날리는

연을 보고 덩실덩실 고개를 갸우뚱거리고 있는데 소 키우는

회장님 어깨도 들썩거리네요

정동욱

　송년회는

　연말에

　회 좋아하는 분들이 모여서?

김혜숙

　송이송이 눈꽃송이

　연말에는 눈이 올까

　회식 자리에 당신도 없는데

염상희

　송년회 끝나면 사랑의 역사 시작되지

　년말은 마음도 몸도 들떠

　회식 끝나고 선남선녀 뜨거운 획을 그린다

양해태

　송구스러운 마음으로

　연말을 조용히 보내며

　회심에 찬 마음으로 새해를 맞이해 보렴

사랑해

김혜숙

사랑이란 길고도 짧은 둘만의 서정시

랑낭 18세가 지나고 88세가 되어도

해같이 밝은 얼굴로 둘만이 쓰는 달콤한 언어의 향연

김정영

사랑하는 마음은 헤아릴 수 없고

랑은 둘 이상 비교의 격조사라네

해가 매년 바뀌어도 사랑하는 마음은 비교 대상이 아니
라네

정남길

사연을 좀 들어봐 주세요

랑낭 그 소녀 멋진 추억에

해를 더한 사랑을 덧칠해 봅니다

김민정

사방팔방으로 헤매지 말고
랑데뷰를 해요 저 여기 있어요
해도 너무하네 나 아니라고?

양해태

사랑이라는 것은
랑데뷰 홈런 치듯
해마다 연속적으로 하면 할수록 정은 두터워진다

염상희

사랑은 눈을 멀게도 하고 뜨게도 하지
랑랑 십팔 세 사랑은 정신도 없지
해도 해도 끝없는 사랑 아름다워

정동욱

사랑하는 그대와
랑데뷰
해 보고 싶다

눈사람

김민정

눈이 내리면
사람 모양을 만들어 볼까 사
람이 완성 너랑 나랑

김혜숙

눈사람을 멋지게 만들었어요 털모자 털목도리도 둘렀지요
사람이야 이름이 있는데 눈사람에게도 이름을 지어야겠어요
람사눈이라고

정동욱

눈길 함부로 주지 마세요
사람 마음 설레요
람바다 춤으로 화답해도 되나요

김정영

눈이 많이도 내리는 청룡의 해
사람마다 느끼는 감정은 제각각이네
람쥐 센터 갤러리에서 감정을 선보이고 싶다

정남길

눈 못 뜨고 있는
사랑꾼은
람바다 춤으로 말해요

양해태

눈이 하얗게 쌓인 추운 겨울밤
사랑방 화롯불 앞에 둘러앉아
람야이를 까먹으며 베트남전을 회상하네요 (람야이: 열
대 과일 용안)

염상희

눈에는 눈 귀에는 귀 빈틈이 없어
사람이 살면서 각박하면 썰렁해
람자는 겸손해서 나서지 않아 사람, 보람, 자람 등등

인간미

김혜숙

> 인사는 보는 사람이 먼저 밝은 얼굴로 하면 되지요
> 간단하게 하면 됩니다
> 미소는 덤

정남길

> 인생의 상당 부분을 부딪히면서
> 간을 보면서 살아갑니다
> 미워도 곱게 보면 이쁘지 않은 것이 없다고 하네요

정동욱

> 인간은 오묘하지요
> 간을 보기도 하고요
> 미모에 빠지면 무효라고 외쳐요

양해태

인간이라면 인성이 제대로 갖춰져야 한다
간단하게 인성을 정의한다면
미워하는 생각을 버리고 사랑하며 배려할 줄 아는 인간
의 성품이라 할 것이다

김민정

인생은 나그넷길
간간이 외로워도 누군가를 원망하거나
미워하지 말아요 어차피 사람은 홀로 가는 인생이니까

김정영

인간의 관계는 중요한데
간단하고 쉽게 여기면
미흡함을 느껴 자신이 힘들어지곤 하겠지

염상희

인간관계의 묘미가 무엇일까
간이 맞아야 인간미지
미워함은 인간미 망치는 지름길이야

가고파

염상희

    가장 멀리 있는 그곳

    고가 사다리도 닫지 않는 그곳

    파란 하늘 아래 그 고층에 살면 좋을까?

김혜숙

    가랑비 속을 그대와 거닐고 싶었죠

    고향 봄바람 향기 그리워

    파도처럼 밀려오는 내 마음 그대에게 가렵니다

정남길

    가슴이 왠지 답답해질 때면

    고향 변산반도

    파란 바다를 만나러 떠납니다

양해태

가련다
고향으로
파란 하늘 아래 내 마음속 그곳

김정영

가고 싶은 곳이 많지만
고향이 그리워지고 가장 가고 싶은 곳
파란 바닷물이 밀려오고 떠나가던 고향 바닷가 논밭 되
어 안 가곤 한다

김민정

가랑비는 가라고 이슬비는 있으라고 하며 내린다
고백 못 한 아쉬움의 미련이
파고드는 빗줄기가 되어 강물의 보조개로 피어난다

정동욱

가려고 했지요
고대하던 그 자리로
파도를 넘어

그 마음

김혜숙

　　그리움 바람에 내 마음 실어 전달하니

　　마침 기다렸다는 듯 풍경소리 들리고야

　　음미할수록 정다운 님 그리움으로 다가온다

염상희

　　그러려니 하고 음악이나 들어

　　마음대로 성질내지 말고

　　음악 속에 빠져보면 알아

김민정

　　그대가 떠나간 뒤로

　　마음이 아프고 힘들어

　　음으로 노래하며 위로해 봐요

양해태

그때나 지금이나

마음이 편안한 이유는

음흉한 생각을 버리고 살았기 때문이랍니다

정남길

그대 생각을 잊지 못하고 항상

마음속에 묻어 두고 지내면서 늘

음미하고 살아갑니다

김정영

그대여 어디에 있나

마음속에 그리며

음미하고 사랑하며 함께하고 싶어요

정동욱

그대는 아시는지

마음 따라

음미하는 것에 차이가 있다는 사실

그대여

김민정

그래요 별이 빛나는 밤에 별

대신 그대가 내 곁에 있어 줘요

여심은 그대와 함께하는 시간이 더 소중하고 빛나요

김정영

그리운 사람은

대면하지 않아도

여자가 남자보다 더 그립다

양해태

그립고 그립던 아버지를 찾아달라고 베트남에서 온 청

년은

대한의 월남 파병 군인이었다며 호소하는데

여태껏 찾지 못하고 고생만 하고 있다네

염상희

그림자는 그대의 여운

대신할 수 없는 아련함

여자 알 수 없는 마음

김혜숙

그 마음이 내 마음입니다

대답 대신 손을 잡아 준 사람

여린 마음은 꽃잎 같고 다녀간 입술엔 양귀비 감촉이!

정남길

그 사람 혹시나 찾아올까 봐

대청마루에 앉아 기다리는데

여지없는 찬바람만 가슴을 파고드네

정동욱

그대는

대관절 언제쯤

여심을 나에게 보여주려나

속마음

김민정

속 다 보이고

마음 훅 터놓고

음악 들으면 소통 해결

양해태

속 시원하게

마음을 열고

음률에 맞게 노래해요

김혜숙

속 시원히 말하긴 어렵지요

마음 표현할 땐 그림으로 그려요

음양의 조화 어찌 말로 다 해요

정남길

속을 알 수가 있어야

마음대로 할 수가 있겠는데

음침하기 짝이 없어 도무지 모르겠다

염상희

속 보이는 뻘쭘한 너의 행동

마음은 그게 아니면서

음~ 좋아한다는 마음 화끈하게 보여줘

김정영

속을 보이기는

마음이 통하는 분과

음식 먹으며 나누곤 한다

정동욱

속에 담아 두었던

마음 살짝 꺼내 봅니다

음흉한 마음 그대에게 보일까 걱정이다

간결한 구성 속에 깊은 감정을 담은 세 줄의 시가 독자들의 삶의 아름다움으로 피어나 행복한 인연이 되길 기대합니다,

– 월명 김민정

우리의 삶 속에서 살아가는 실상을 삼행시로 표현하게 되었습니다. 바쁜 일상에서도 자율에 의한 마음으로 씨를 뿌리고 김매는 가운데 살아 숨 쉬는 삼행시가 되었습니다.

이 삼행시가 많은 독자에게 생각의 꽃망울이 되길 바랍니다. 다양한 시인들의 생각과 삶이 전해지는 가운데 생동감이 넘치는 행복의 씨앗이 되는 계기가 될 것으로 믿습니다.

– 우담 김정영

평일 아침이 되면 시제가 뭘까? 두근거리는 기다림. 쓰고 나면 미련이 남고 다른 분들의 글을 기다리게 되니 매우 행복했다.

우리의 아침에 쓰는 이야기를 엮어 삼행시로 내 곁에 온다. 좋은 사람들과 공저라 감동이다.

– 소징 김혜숙

우리는 자연의 섭리에 순응하며 살아가는 인간이기에 잠시 뒤돌아보며 詩에 관심을 가져 봅니다. 혹자는 초등학생도 쓸 수 있는 삼행시라 하지만 7인 공동 시인들은 윤번제로 시제를 내고 그날그날 시제에 따라 각자의 감성과 개성을 살려 창작된 작품으로 독자에게는 힐링의 시간이 되시길 바라는 마음입니다.

7인 공동 시인들은 변함없이 앞으로 더 좋은 4행시와 시집 등을 출간하는 데 혼신의 노력을 다하겠습니다. 감사합니다.

– 청강 양해태

삼행시를 위한 단톡방에 매일매일, 여러 가지를 잠깐 멈춰 고민하고, 생각하며 올려놨더니 7인 공저 삼행시 '꽃 피는 삼행시'로 태어났어요.

시인이 되도록 길잡이 해 주신 대지문학회 회장님과 감성 시의 대가 시인이신 윤보영 시인님께서 추천해 주셔서 앞으로의 각자 삶에서 詩行 길에 크게 활력의 영양제가 될 듯합니다. 감사드립니다.

같이 한 7인 시인님들 詩行 길 일취월장 기도합니다. 사랑합니다.

– 도곡지석 염상희

우화를 기다리며

이렇게 주옥같이 아름다울 수도 있다는 것을 쓸 때는 몰랐습니다. 짧다고 하면 짧을 수도 있고 길다고 하면 길 수도 있는 한 세월과 잘도 버무려진 동인들의 삼행시가 아름다울 줄은 미처 몰랐습니다.

이제 망울을 터트리고 꽃을 피우려 합니다. 부족하겠지만 장난스럽겠지만 정성껏 씨앗을 뿌렸으니, 예쁘게 봐 주시고 희망을 갖는 귀한 기회가 되시길 소망합니다.

– 백야 정남길

詩는 누가 쓰는가? 무엇을, 어떻게 표현하는가?

그래서 삼행시를 쓰기로 했다. 1년 동안 함께 매일 쓰고 서로 소통의 시간으로 완성된 '꽃 피는 삼행시' 독자들에게 희망의 향기를 드리고자 한다.

– 용천 정동욱

▌7인 프로필

월명 김민정

● **현)**
사주, 타로, 스마트심리상담 원장, 시인, 가수, 요가지도자, 캘리그래퍼, 투사 그림 심리상담사, 대지문학 동인

● **수상**
2020 문화여성 월간지 11호 기고, 삼행시 문학상 금상, 대한민국 강사 최고 의상. 2023 자랑스러운 한국인 대상(요가 부문), 2024 한국을 빛낸 사람들 대상(심리상담), 2024 대한민국 시 부분 대상,

● **SNS**
블로그 별나라 여신 타로테미스: https://m.blog.naver.com/PostList.naver?blogId=kjy19288&tab=1
유트브별타tv: https://www.youtube.com/@startv29

● **시집**
『시인의 탈의실』 외

우담 김정영
(경영학 박사)

- **현)**
  대한민국산업현장 교수 (고용노동부 위촉), 연세빌딩 대표
  한국창업경영품질원 회장, ㈜앞선세상 상임고문 겸직

- **경력**
  유한대학교 산업경영과 전임교수, 대한민국 명장 및 기술사
  면접위원, 부천시청 인적자원 제안서 평가 위원장 역임

- **학력**
  서강대 경영학 석사, 건국대 경영학 박사
  서울대 의대 HL최고위 수료

- **수상**
  World Vision 창작지도상 수상
  지식경제부 장관상 수상
  산업자원부 장관상 수상
  중소벤처기업부 장관상 수상

- **저서**
  시집『잊혀지는 별』, 전문서적 다수 출판 및 학회지 게재

- **연락처**
  전화 : 010-4253-8217, Email : jy8217@empal.com

소징 김혜숙

● 출생

전북 부안에서 출생

방송대학교 국어국문학과 졸업

● 현)

전업주부, 시인

● 전)

한일은행 근무

● 수상

대한민국지식포럼 정회원. 대한민국지식포럼 시인대학 수료(5기) 대지문학 동인. 대지문학 시화전 우수상. 감성 시 쓰고 시화 그리기 대상.

● 시집

『무너지는 파도여』

청강 **양해태**(梁海台)

● 현)

대지문학 동인, 대지문학 고문

대한민국 장애인 CEO협회 명예회장

대한노인회 하이베르 경로당 회장

양씨 대종회 부회장

남원양씨 용성부원군파 대종회장

서울 중부경찰서경우회 수석부회장

● 수상

대통령옥조근정훈장 수상, 경찰청장 표창 42회수상, 메트로문학 상 수상, 국민 행복 삼행시 금상, 대상, 최우수상, 세계평화 삼행 시 대상, 대지문학 시화전 우수상 및 대상 수상 등

● 시집

『내 멋대로 산다』, 『벼랑에 핀 꽃』 (공저), 『성심 문학』 (공저)

● 연락처

전화 : 010-5271-3515, Email : yanghaitai@hanmail.net

도곡지석 **염상희**

● **현)**

　한국보훈문화연구소 소장, 대지문학 동인

　한국전쟁참전국기념사업회 부회장

● **전)**

　대한민국전몰군경유족회 부회장

　국가보훈복지법 TF전문위원

● **자격증**

　한국사 지도사, 한자 교육 지도사, 평생교육사, 한국어 교원

● **수상**

　대통령 표창(모범보훈대상자), 국민행복 삼행시 문학상 & 최우

　수상, '느낌까지 끌어안은 시화전' 최우수상

● **시집**

　『목화꽃 당신』, 『벼랑에 핀 꽃』(공저)

백야 정남길
(공학박사·사회복지사)

- 현)
  ㈜갑진 회장, (주)동진건영 대표, 한국보훈문화연구소이사장,
  (사)공무원공상유공자회사무총장, 세종국어문화원글쓰기신문
  집필위원

- 전)
  ㈜이디미디어대표이사,상이군경회 서초구지회장,송파공고 교사,
  한국장애경제인협회 상근이사, 대지문학 이사장, 대지포럼 이사장.

- 수상
  국무총리정부포상, 대지문학 신인문학상(수필), 대지문학상(시),
  대한민국지식포럼지식인대상, 국민행복여울문학상대상(시, 삼행
  시)

- 시집
  『설렘으로 다가간다』등

- 연락처
  전화 : 010-3783-3388. Email : nkchung@naver.com

용천 정동욱

● **현)**
  시인, 디자이너, 창의 놀이 전문 강사, 홍익대 미술학 박사

● **수상**
  2009국무총리표창, 2021대한민국 명강사선정 대상, 2023자랑스
  러운 한국인대상, 청소년지도자 교육대상, 국민행복 삼행시 대
  상, 좋아졌네 문학상, 온마을 축제 진접 N행시 대상 등

● **경력**
  대한민국산업디자인전 초대 디자이너, 사)한국미술협회 초대작가

● **저서**
  시집『까칠해서 더 매력 있는 그대』

● **연락처**
  전화 : 010-5151-5690. Email : artshow1010@naver.com